뼈의 속도

실천문학 시인선 025

뼈의 속도

박일만 시집

실천문학사

차례

제1부

제2부

제3부

제4부

제1부

휴식

낮에 잠깐 공원을 다녀오신
구부정한 어머니
궁금증 없이 거실문을 열고 밖을 보신다
행길을 지나가는 사람들의 분주함을 배경 삼아
햇빛 쏟아지는 풍경을 보고 계신다
어디쯤 와 있는 것일까
탱탱한 햇살이 무더기로 쏟아져 내리자
창밖과 거실의 내력이 한 몸으로 섞인다
달관은 멈춰 있는 것이 아니라
그저 고요히 삶에 잠기는 것일 뿐
팔순 노모의 안과 밖은 매한가지여서
너른 세상에 난무하는 경계도 껍질 한 겹 차이어서
홀로 지내는 시간은 속도가 없다
씨앗을 모두 내보낸 씨방을 가지신 어머니
식구들이 빠져나간 텅 빈 공간에서
무시로 쌓으시는 건 시간의 씨앗들이다
조물조물하며 밖으로 눈을 돌려

유리창에 시간의 커튼을 짰다가 지우곤 하신다
햇살이 씨줄과 날줄로 종일 퍼붓는다

쥐꼬리

대낮 등산로에 들쥐가 나타났다. 기겁을 하는 아내에게 쥐 따위에 무슨 호들갑이냐 했다. 그녀는 말했다. 쥐가 싫은 게 아니고 쥐꼬리가 싫다고. 순간 내 등허리가 텅! 온몸에 오 살났다. 그 말의 여운이 전신을 쑤셔댔다. 스치듯 아내가 달 리 보였다. 틀림없이 저 말은 중의법일 거야. 쥐꼬리만 한 월 급에 오랫동안 시달렸으니 얇은 봉투가 아닌 쥐꼬리를 보고 내 월급을 연상했을 거야. 왜 하필 몸통 아닌 꼬리라 했겠어. 쥐꼬리! 아무리 생각해도 그것은 쥐의 꼬리가 아닌 쥐꼬리월 급으로 국어사전에 새롭게 등재돼야 하겠다

티눈

균형을 거부하며 수평을 포기한다
중심을 찾아 헤매던 세포가
내 발바닥에 와서
생을 통째로 뒤뚱거리게 한다
백발이 물드는 나이 탓도 있겠으나
아직 둘러보아야 할 산천이 많은데
느닷없이 찾아와 생을 송두리째 흔들어 댄다
가던 길이 자꾸 휘청거릴 때
가랑이 사이로 바람도 많이 드나든다
딛을 때마다 바닥에 온통 통증을 깔면서
서둘지 말라고
아래를 보고 살라고
발걸음을 더디게 하는,
걸음걸음마다 뼛속 깊이 송곳을 박으며
한 쪽 발이 수상하다
절대로 떨어지지 않을 나이 어린 애인처럼
기세가 완곡하다

작은 알맹이 하나에도 몸을 절뚝여야 하는

나의 생을 향해 쉬어가라고

자꾸만 오는 길 가는 길을 붙든다

지구의 저녁 한때 5

욱신거려 더듬어 보니
이번에는 손목이다

작년에는 발목, 등허리
재작년에는 망막
아! 그전에는 간혹 오장육부가 차례대로

살아오는 동안 몸이 많이도 상했다
독하게도 부려 먹었다

고백하건대
성할 날이 없었던 몸이다
수십 년 질척이는 동안 하나둘 고장 난 부품이
망라해보니 총체적이다
어느 하나 내 것이 아니다

애당초

태생적으로 지니고 온 것 아니니
몸도 마음도 조물주께 잠시 빌려 살다가 가는,
이제 돌려줄 때가 다가왔다는

몸이 어느새 상처투성이다
저녁을 닮아 있다

빵집 앞

풍겨오는 빵 냄새, 개 한 마리 어슬렁댄다
내 유년과 닮았다
배고픈 날 방앗간을 기웃대던 시절,
저 풍광은 기억 속 밀밭이다
그곳에는 부풀어 오르는 질량이 있었다

철야 근무를 마치고 빈 도시락 통 철렁이며
모퉁이 돌아가면
언제나 푸르게 넘실대던 꿈이 있었고
그럴 때마다 어김없이
파릇한 향기보다 먼저 허기가 밀려왔다

자전거 빵 배달원의 꽁무니를 따라 돌던
온종일의 내가 있었고

식솔들 앞세우고 밀고 가는 리어카 위
밀가루 포대에

아버지는 발효되는 듯
늘 허리를 주무르셨다

나 이제 그 나이 되어
빵집 앞에 배불뚝이로 서 있다

지구의 저녁 한때 2

살림을 줄여 이사를 마치고
늦은 밥을 짓는
당신의 뒤허리는 저녁을 닮아 있다

한 그릇의 밥만큼이나 간절해

태초의 저녁인 듯
창 너머 발아래는 검은 허방이 흐르고
나는 유성처럼 공중의 미아가 된다

높이 오른다는
높은 곳이 낮은 곳이라는
누추한 세간이 거처를 높게 하는

시대의 오만함으로 누군가는 낮은 땅을
넓게 차지하고
이 저녁

누군가는 좁고 가파른 계단을 오르는 아뜩함으로

시대가 그렇다

살림을 줄여 나가자 덩달아
몸피 줄어드는 희망이
구름 근처 임대아파트 사이를 배회한다

늦은 밥을 먹고 나면
이제 구름 위의 잠이겠구나
잠이겠구나

감자 껍질

버려진 껍질에서 싹이 났다
얇은 껍질이 싹을 키웠다
껍질은 제 살을 먹여 씨눈을 키우고
몸통을 바쳐 사람을 먹였다
껍질은 이 세상의 어미가 되었다

하여 나는 어머니의 알몸인 것이다
여리고 얇은 가죽을 남기고 나온 나는
게다가 가죽에 남은 젖눈까지 빨아댔겠지

세상 모든 잉태는 껍질의 후생이다
감자가 그걸 제일 먼저 일러줬다

천대받는 껍질
거기에서 내가, 네가 나왔느니
비로소 껍질이 자자손손 피를 돌게 했느니

어머니
지금은 저렇게 물 빠진 가죽만 남으셨다

지구의 저녁 한때 4

애들이 장성한,
이제는 머리 희끗한 나이에 이른 나를
어머니는 여전히 젖살 붙은 애로 보신다

저녁 밥상에 생선 한 토막,
한사코 내 앞에 두신다

괘넘치 말고 드시라고 밀쳐 내도 어느새
내 쪽으로 놓여지는 생선 한 토막

보릿고개 넘던 시절을 떠올리시는지
무엇보다 귀한 음식이라 여기시는지
늘그막의 아들이 아직도 어머니는
안쓰러운 것이다

연세는 저녁에 닿아 있으나
마음은 아직 중천에 정박해 계신다

─제가 요즘엔 생선이 영 안 땡겨요 어머니!
재차 밀어 놓는다

네댓 개의 반찬 그릇이 다 비어가도
덩그러니 남는
생선 한 토막

발효

여름이 턱밑에 다다르면
꽁보리밥이 그득했다

나는 밥맛을 핑계로 투정을 부렸지만
기어코 수저를 안겨 주시던 어머니

되새김질을 해대는 소처럼
밥을 먹는 둥 마는 둥 할라치면
그때마다 장독대로 달려가시던 어머니

냄새 진동하는 그것을 얹어 주곤 하셨는데
나는 그 냄새가 싫어 더욱 투정을 부리곤 했는데

어느덧
내 몸에서도 냄새가 나고
물꼬 터지듯 그때가 떠올라 뒤란으로 가 보면

식은 밥 한 술에 된장, 풋고추로 버티시던
어머니의 냄새가
내 가슴을 덮쳐 오는데

창난, 명란, 곤쟁이 이런 것들이

거기에 가면
함지박을 머리에 이고 검게 돌아오시던
어머니 작은 키가 갈대보다 낮게 흔들리곤
하는데

지렁이

잘못 든 길인지
이글거리는 도로 위
굼뜬 동작에 사고 났다
습기도 없는 아스팔트를
온몸으로 밀고 밀며 만행하다
가부좌를 틀었다
지하에서 득도하여 용이나 되시지
성불이 뭐가 그리 급하셨는지
세속에 너무 일찍 나오신 보살
삼복더위 뙤약볕 아래
과감하게 옷을 벗어 던지고
발갛게 보시하고 있다
개미, 파리, 온갖 떼들 달려들어
물고 뜯고 잔칫상 벌였다
미물도 한 번은 저렇게 저를 낮추는데
태어나 잡것을 다 먹고 살아온,
선행 한 번 해 본 적 없는

내 몸이 묻히면

달려들 놈 몇이나 있을라나

지구의 저녁 한때 1

소멸이 따스해진다
다시 또 옷깃을 여미고
폐부 깊숙이 바람을 맞는다
이상 기온처럼 깔리는 어스름이
긴 그림자를 거두어 발아래에 차곡차곡 쌓는다
이제 사람들은 먼 길을 되돌아가며
태생의 아침을 추억할 것이다
문명의 밀림 속
크고 작은 나무처럼 할퀴는 외로움을 헤치고
혼자만의 익숙한 성(城)으로 잠입해 가는,
아우성! 아우성!
기우뚱거리는 세상의 들판!
떠나올 때 눈물짓던 얼굴이 기억을 자주 불러와
남녘으로 머리를 향하게 하는
길 위에서 길 밖에서 나는 자주 길을 잃는다
연기를 흠뻑 받아 내던 작은 솥단지
밑바닥 그을음을 짚수세미로 연신 문지르시며

어머니의 손도 함께 저물던,
나무를 내다 팔고 휘척휘척 돌아오시는
아버지 머리 위에 쏟아지던 은빛! 은빛!
달빛을 부시며 소멸이
세상 아궁이에 군불을 지피는

똥보다 못한

한 시대를 풍미하던
저 위인의 동상
권좌의 서슬이 여전히 푸르다
아니 슬픈 빛깔이다
한때는 칼보다 총보다도 위대하다던
그의 정치와 철학 위에
지금은 새들이 앉아 시대를 논한다
철새인지 사람인지 모를 새들
정치는 아무것도 아니라고 조잘대며
철학도 천하에 쓸모없는 것이라고
지랄하듯 똥을 갈겨 쌓는다
한 시대가 온통 똥칠 당한다
머리며 어깨가 똥 범벅된다
정치는 철학은 그래서 똥보다도 못한,
시대는 아무래도 똥 아래에 있는 것이다
소시민인 나는 오늘 아침에도 똥을 낳았다
위인의 시대보다 위대한 똥,

아들아! 내가 죽으면

똥보다 못한 비석 하나라도 세우지 말아라

덤

무릎 앞세운 추리닝 걸치고 광장에 들면 어느새
푸성귀며 소쿠리며 종이 박스며
곤궁한 얼굴들로 순간을 이루는 도깨비 시장이 선다

느닷없이 나타나는 낮도깨비
고만고만한 좌판 인생들
생이 허름한 나도 따라 진열된다
도깨비는 가격을 부추기며 흥을 돋운다
난장판을 부채질한다

늘 적자 인생인 나, 이곳에서 저렴해진다
햇빛 아래에서 나는 숨을 곳이 없다
가도 가도 마이너스 인생인 나
반듯하게 포장되지도 못하는 푸성귀처럼 살아왔다
박리다매에다 얹히는 덤으로나 살아왔다
새벽부터 이 날까지 아!
싸구려 노동을 지불하고 버텨온 나의 생

도깨비가 도깨비를 부르는 장터의 보따리 인생들
곧이어 지나온 세월의 무게를 싸서 다시 떠날 것이다
누군가는 변해가고 또 누군가는 사라질 것이다

신선하지 못한 몸이 되어 가는
파장 무렵인 나, 시든 이파리가 된다

버틸 만큼 버텨온 내 생애에도 볕들 날이 있을까 몰라

이제는 떨이로나 전락해 버린
머리칼 파뿌리 된 지금, 사람들은 떠나고
풀죽은 나의 이력들만 수북하게 광장에 남는다

누이

아직도 풋풋한 줄 알았는데
스물을 갓 넘어 남자 친구를 소개하던
맹랑한 눈매인 줄 알았는데
시집을 가고 애들을 낳고 키울 때까지도
청순한 꽃잎 그대로인 줄 알았는데
피다 만 목련처럼
자꾸만 외면하는 얼굴을 설핏 올려다본
눈꼬리가 지쳐 있었는데
말로는 다 할 수 없다는 듯
살아온 내력을 눈매가 대신 말해 주었는데
애들은 잘 크니, 공부 잘하고, 속 썩이는 놈은?
홍조 띠던 얼굴에 핏기가 없었는데
잘 있어요, 하는 뒷말이 무거워 보였는데
실직을 하고 퇴직금을 경험 없는 사업에 털어 넣은
남편 얘기는 비치지도 않았는데
감추는 표정 뒤로 푸릇했던 얼굴이 겹치며 지나갔는데
그래도 없는 것보다 나은 게 남편이란다,

등 맞대고 살다 보면 온기가 되살아나는 법,
돈이 시절을 속이는 것이지
사람이 사람을 속이는 것은 아니란다,
바닥을 치다 보면 더 이상 추락은 없을 것이다,
어쭙잖은 철학을 늘어놓고 나오는 길
목련꽃잎보다 내 표정이 더 난감했을 것인데
어설픈 위안 앞에 애써 마음을 억누르는 누이가
와락 닭똥 같은 눈물을 흘릴 것 같았는데
뼈가 도드라진 손을 잡아 주고 멋쩍은 인사를 하고
젖어 돌아 나오는 내 얼굴에
닭똥이 범벅이었습니다

대장내시경

남은 날들을 진단하려고
아랫도리 벌려 깊숙이 본다는 거
참 어처구니없는 체위다
지난밤부터 비우기 시작한
수십 해의 내력이 허전하다
실눈을 뜬 촉수로 속내를 본다는 거
들킨 것이 많다
숨긴 것도 꽤 많다
게다가 내가 나를 제거한다는 거
참 다행이다 싶은,
밝은 햇살에 나를 내다 말려서라도
뒤집어 보고 싶다는 거
아래로 흘러내리는 진물을 훔쳐 내는 거
죽기 좋은 계절을 택해
전생과 후생을 들여다본다는 거

제2부

출가

일주문까지 따라온 내외가
더 이상 들지 못하고
머리 파랗게 깎은 아들을 마주한다

여기만 넘으면 이제 피안이다

끝인사가 포옹 대신 합장

지상에서 마지막으로 불러 보는 아들의 이름
차마 말하지 못하고
얼굴 한 번 더 익히려고 애써 고개를 든다

뒤를 돌아보면 이제 지상에 남는 건
무수한 연민뿐

일주문 앞
지상에서 영원으로 가는 길목

호상(好喪)

링거와 호흡기는 부질없다며
외할머니 돌아가셨다
일가친척 일일이 손잡아 주고
살아서는 식솔들 폐 끼치는 지병도 없이
가셨다
아흔을 훌쩍 넘겼으니 천수를 누리신 거다

임종이 지척인 걸 예감한 듯
네댓새 곡기를 끊고
작은 몸을 더욱 비우셨다
이승의 부스러기마저 짐스러운 끈이라 여겨
몇날 며칠 배변만 하셨다

운신을 못할 처지도 아니었으나
속을 비우시며 찬찬히 떠날 채비를 하셨으니
죽음 앞에서 한 방울의 물기마저 떨치셨으니
떼 놓는 걸음걸음 꽃처럼 가벼웠을 거다

그렇게, 생을 갈무리하신 외할머니
물과 곡기를 마다한 수일 동안 몸에서 돋아나는
깃털과 날개를 조용히 다듬어 입으시고
가셨다, 참 깨끗하게

초행길

잘못 살았다고 생각했다
그래서 잘 죽고 싶다고 했다
─살아 가 본 길도 길이거니와
  죽어 가는 길도 초행길이다─
불현듯 몸속으로 날아든 최후의 통첩
정말 반듯하게 죽고 싶다고 했다
생의 보따리를 싸라는 신의 호명, 의사의 전언
이승의 외출을 마치고 가는 외통수 길에
홀로 마음 밝혀 앞세우셨다
육신은 무너지는데, 정신은 외려 날이 서는데
완곡한 덩어리만 커져 갔으니
이내 다가올 긴 여정을 준비하셨다
서둘러 하던 일을 파하고
이승의 그리운 끈을 거둬들이고
허깨비처럼 꺼져 가는 숨결에 근근이 불 지펴 가며
인연의 꼬리를 모두 잘라 작별을 만드셨다
되돌아보면 산다는 건 한 편의 곡절을 낳는 일

저어함 없이 스스로를 수습해 떠나는 일
그래도 참 잘 살았다고 생각했다 백부께서는
쭉정이만 남아 가는 왜소한 몸으로
삶의 무거운 끝을 온전히 끌어안고
아름다운 기억들도 함께 묻어 달라,
고 하셨다

꽃 진 자리

생전에 꽃을 좋아했던 당신
만나러 가는 길

입구부터 즐비한 꽃 가게들이 반겼지만
당신에게 드릴 꽃을 고르지 못한다
곧 생기 잃을 꽃은
당신의 시든 모습 같아서이다

살아오는 동안 늘 피어 있던 미소가
사진 속에서 영영 멈춰 있다

죽어서도 떠나지 못하고 상자 속에 갇힌 당신
살아생전 내게 갇혀 지냈던 당신
항아리에 한 줌 흙으로 남은

육신은 결국 이승을 떠나지 못하고 남는가

향기 모두 날아간 꽃들이 매달려 아우성인 상자 속
보고 싶다는
사랑한다는 말들이 무수히 펄럭인다

꽃도 당신도 다 지고
나만 홀로 남은 봄날

손가락 잘려 나간 듯
당신이 가고 없는 그 자리에
내 죄만 크게 꽃 핀다

동행

바다에 이르는 길은 멀었다
한낮을 지나온 해가 저녁놀 속에 스러지는
길 끝에서 노인은 휠체어에 아내를 앉히고
말없이 바다를 바라보았다
양손을 손잡이에 얹어 미끄러지지 않게 붙들고 있었다
방파제 쪽에서 그림자가 길게 드리워졌다
이대로 쭉 가면 황혼 빛 갯벌이다
뼛가루 같은 진흙이 지천이다
오랫동안 서해를 바라보며
노인은 아내의 어깨에 숄을 덮어 주며
입가에 흐르는 침을 맨손으로 닦아 주었다
백발이 성성한 두 사람이 한 방향을 향할 때마다
해풍이 그들의 얼굴을 함께 어루만졌다
한기를 느끼는 아내를 위해 몸을 움직이자
순간, 노인의 발걸음이 팔랑거렸다
아뿔싸!
길 끝에서 조용히 서 있던 연유가

내 가슴을 파고들었다

살아오는 동안의 궤적이 점쳐졌다

발걸음을 뗄 때마다 몸이 바람개비처럼 휘청거린,

저것이었구나!

한쪽으로 기우는 다리를 아내의 휠체어가 지탱해 주고

노인은 아내의 다리가 되어 주고 있었던 것

비로소 두 바퀴와 한쪽 발의 절묘한 균형이 이뤄졌던 것

나는 그들의 생애를 다 짐작할 수 없었으나

노인의 절뚝이는 생이

아내의 휠체어에 의지하여 밀고 끌고 왔을 것이다

물때가 바뀌도록 긴 그림자로 남아 있는 그들을 남기고

석양이 붉게 타고 나면

바다는 곧 한낮을 지울 것이다

그 사내의 발등

지하역을 거처 삼아 사는 사내
온몸으로 받아 낸 세월이 덕지덕지,
군부 독재가 무너지던 때부터라던가
IMF가 불어닥친 때부터라던가
서울의 땅속을 질기게 걸어왔으나
발등에 핀 꽃으로도 여태 고향에 닿지 못했다
영문도 모르고 홀로 남겨진 이십 년
아버지는 끝내 돌아오지 않았고
부르튼 발등으로도 찾지 못하는 고향
사내의 꿈은 기억을 더듬는 영화를 찍는 거란다
땅 위에서는 쟁쟁한 시대가 오고 가도
그의 유일한 터전은 땅속이다, 남겨진 곳
마지막으로 잡아 본 아버지 손이 생각나
곡절 모를 노래를 흥얼거릴 때면
기억을 촬영할 머리에 편두통이 인다
아픈 기억은 한쪽으로 쏠리는 것인지,
한순간만 방심해도 낭떠러지인 긴 여정

무주인가 진안인가 분명치 않은 기억을 찾아
차표도 없이, 오지 않는 아버지를 기다리며
걷고 또 걷는
IMF인가 군부 독재인가가 무너지면서
그도 그때 무너졌다
쩍쩍 갈라진 발등에 붉은 꽃이 핀다
핏물이 흐르며 알 수 없는 지도를 그린다

늙은 마라토너의 기록

출발도 도착도 아닌
지금은 철저히 혼자다
늘어 가는 나잇살로 가능성을 점쳐 보지만
신기록은 요원하다
재기를 위해 목숨을 건 몸만들기
모자 눌러쓰고 운동화 끈 동여매고
새벽에 출발, 이슥하여 돌아온다
온몸에 어둠을 칠하고 귀가하는 나이
막판까지 뛰어야 한다는 다짐만 늘어 간다
한때의 영광은 묻힌 지 오래
팬들의 갈채도 이제는 기억조차 하얗다
어떻게든 맞바람을 깨고 기록 갱신해야 하는
몸은 점점 늘어지고
아득한 기록이 앞서가며 나를 따돌린다
달려 본 사람만이 아는 저승 같은 골인 지점
악천후를 뚫고 달리는 것만이 살길이라는
좌우명에 땀 절은 팬츠로 왔다

단 몇 초의 기록 단축도 억겁과의 싸움이다
반환점을 돌아도 한참을 지나온
저무는 길은 또 가파르고
아침부터 뛰어 여기에 당도했으나
변변한 기록하나 건진 게 없는 나이
생을 바쳐 달려온 두 다리만 기진할 뿐

투잡

가세가 기울자 아내가 떠났다
쫓겨 다니기 일쑤인 노점상
공치는 날 많아 억장이 무너져 갔다
일용직, 트럭 운전까지 거쳤는데
빚으로 시작한 장사마저 넘어갔다
공사판에서 얻은 고질병, 쌓여 가는 약봉지
공과금 독촉장 수북한 우편함
집주인의 잦은 호출에 가슴 철렁인다
쪼그라드는 심장,
잡초처럼 자라나는 아이들
등 떠밀어 학교로 보내고
밤낮없이 뛰어도 구멍만 커져 가는 형편
거친 일로 손과 팔에 흉터만 늘어 갔다
틈틈이 야근을 하고 전단지를 돌리고
아픈 몸 추스려 나선 대리운전
낭떠러지에서 붙잡은 운전대마저 비틀댄다
소속도 없이 단신으로 발품 팔고 나섰으나

허탕만 치는 저 사내, 중년 가장
헐렁한 거리에서 허름한 호객을

수의 짓는 노인

경계를 깁네

서둘러 강 건너간 사람에게 줄 옷 한 벌

마지막 가는 길 지키지 못한 마음 죄스러워

안과 밖의 사이를 깁고 있네

한날한시에 가자던 약속은 어긋났는데

곁에 있던 사람을 보내고도 눈물을 잊었네

머리카락 잘라서 머리맡에 놓아 주고

손톱 깎아서 손 위에 얹어 주고

발톱 깎아서 발등을 수놓고 있네

삶과 죽음의 꽃이 만발한 상가

빛과 어둠을 닮은 노인

생은 허망하다는 걸 미처 몰랐을까 마는

함께 지키던 자리 이제 무엇으로 채울지 몰라

슬픔은 남은 사람의 몫이네

슬픔은 그저 산 사람의 몫일 뿐이네

왕년의 스타

무대를 내려와 정치판에 끼었던
중년 배우가 흐느낀다
수척해진 몸으로 지병까지 얻어
뿔뿔이 흩어졌던 식솔들 모아 놓고
마지막 날처럼
잘못 살았다고, 선거가 다 뭐냐고
마디 굵어진 손으로 오열한다
은막의 화려한 불빛과
박수 소리에 속아서 지내 온 시절
스포트라이트가 사그라진 후 뒤에 남는 건
오직 혼자만의 초라한 무대였다고 한다
정치판도 영화판도 회한만 남을 뿐
은막과 흑막에서 내려와 비로소
가족에게 귀화한 배우,
스타는 고사하고 내세울 것 하나 없는
내 이름만 편안하다
해피엔딩!

백수 수칙

종로 탑골공원이 아무리
주인이 없다 해도 질서가 있다는데

출근시간 지켜라, 조퇴하지 마라(의심 받는다)
가방은 늘 지녀라
빈 가방이어도 좋다(무게 중심을 가져라)
베스트 드레서가 되어라(백수도 품격이 있다)
선배를 존중하라, 후배를 아껴라

라는 규율과 함께 또 다른 불문율,
고참의 자리는 앉지도 노리지도 말란다

백수들도 회의를 한다(목적도 있다)
기껏해야 헐한 값의 점심, 저녁 내기지만
땅바닥 회의도 의미는 있다

다 털어 주는 것이 백수의 철학이다

털렁털렁 두 알만 남을지라도,

그러므로 백수는 빈자의 주인이다
언젠가는 당신과 나도 합류하게 될

접견

사랑한다는 말도 못했는데
너는 철컥 갇혔다
포옹도 없이 고개를 떨구고 가는
네 등이 유난히 쓸쓸했다
온전히 쳐다 볼 새도 없이 사라져 갔다
무어라 위로의 말도 못했는데
큰 벽속으로 사라진 너는 투명인간,
유리벽 너머의 배경은 거대한 동굴 같다
네가 사라진 벽을 보며 한참을 울다가
등 뒤에서 들리는 호각소리에 눈물 거둔다
사람들은 분주히 저마다의 사연으로 신청서를 제출하고
누군가는 사진을 들여다보며 중얼거리고
또 누군가는 전광판을 보며 차례를 기다린다
꾹꾹 눌러 담은
사랑한다는 말을 할 새도 없이
돌아 나오는 높은 담장 옆에 이팝꽃이 흐드러졌다
밥과 삶과 간힘에 대한 함수관계를 일러주듯

나무는 연신 밥풀 같은 머리를 흔들어 댄다

미처 전하지 못한

사랑한다는 말이

주차장까지 따라와 허공을 온통 채운다

탕

동창생과 탕을 먹는다
하필이면 탕이냐고 속눈 흘기며

그녀는 핏기 가신 주먹으로 밥상을 치며 탕탕!
살아온 내력을 부수며 먹는다 탕탕!
마주 앉아 쏘아 대는 총 맞으며 나도 먹는다

먹고사는 게 뭐라고
미꾸라지처럼 잘 잡히지 않는 세월을 탕탕! 치다가
정나미가 떨어진 남편을 탕탕! 치다가
종내는 저의 생을 탕탕! 치며 가루를 낸다

멋쩍은 나는 맞장구를 쳐주고
탕은 끓일수록 국물이 진해지는 거라고
세월은 탕탕! 칠수록 잘 정돈되는 거라고
애써 꿰맞추는 내 논리에 손뼉을 치다가

그녀는 움켜잡고 있는 총알을 모두 쏟아 놓고

나도 도리 없이 내 가슴만 탕탕! 치는 형국이 되는

탕과 탕탕이 변죽을 울리는 그런 탕!

추어탕!

탁란

옛적에,

건넛마을 여자가 주인집 안방에 들자
주인 여자는 자리를 피해 나갔는데

주인은 안방에 그 여자를 들이고
한나절을 적막하게 문을 닫아걸었는데

닫힌 문은 미동도 없이
가끔 새소린가 무슨 소린가가 들렸는데

대가 끊길 지경이었던 그 집의 유일한 아이는
주인 여자 아닌 건넛마을 여자의 아이였다는데

주인 여자는 종종 자리를 비워주곤 했는데

대낮에 굳게 닫힌 안방 문과

마당 가득 흐르던 적막을
붉은 꽃나무가 흔들던 그때를 미처 몰랐었는데

배를 빌려주고 곡식을 받아 가던 여자가 찾아와
대낮에 문 잠그고 또 들었는데

주인집 여자는 제 배 아파 낳지 않은 아이와 함께
동네 어귀 물푸레나무만 흔들며
한나절을 보내고는 했는데

참 이상도 하지!
흐리멍덩하던 내 기억이 작금에 등을 내달았나?

동행, 화석으로

헐레벌떡
전동차에 오른 그녀가 거칠다
귓전을 덥히는 숨소리
흔들리며 휘청이며 쏟아 낸다
들큼한 온기가 내 몸을 휘감는다
전신에 흡수되는
연신 뿜어 대는 아찔한 향내와
요동치는 심장이 내 몸과 섞인다
아무도 눈치채지 못하게
혼과 혼
전생에 스쳤던 인연으로 겹친다
누천년을 그리워하던 끝에 한 몸 되는,
숨소리 잠잠해질 때까지
영원이 순간을 끌어안는 잠깐 사이
그녀와 내가 억만년의 지하 세계에서
화석으로 살아나는
이 기막힌 동행

제3부

길고양이

사람들이 떠나간 재개발지구
텅 빈 골목마다 폐허가 즐비하다

문짝이 사라지고 벽만 남은 나의 집은
유기된 목숨들이 죽을 수 있는 유일한 거처

소유권 없는 영토를 주장하며 피어나는
민들레는 이제 무의미해,
이곳에서는 죽음도 오히려 자유롭다

철거가 시작된 지 수개월
포기할 수 없는 목숨을 견디는 일이란 참 난감해
이번 생은 불시에, 통째로 도굴당했다

골목골목 터전을 다지던 낮은 집들을 허물고
마천루를 들일거란
풍문만 오래도록 골목을 떠돈다

삶이 어쩌자고
뼈를 발라먹은 생선 토막처럼 요약되는 것인지

버려진 식당근처에서
재빠르게 먹이를 쫓던
추억의 자세를 취해 본다

포클레인이 위대해 보이던 시절이 있었지
길을 닦고 다리를 놓고 이쪽과 저쪽을 이어주고
정의를 위해서 농성도 했었지

이제 이 거대한 포클레인을
제때 피하지 못하면 짓눌릴 수도 있다는
공포감에 오줌을 지린다

눈이 짓무르고 몸에는 마비가 왔다
지축을 흔드는 굉음에 점점 폐허가 되어 가는

나의 생이 신열을 앓는다

살아남기 위해 부단히 움직여야만 하는 허기가
오늘도 뼛속을 파고드는

불타는 무게

숫제 화장터가 돼 버린
신비롭고 성스러워야 할 바쿠마티* 강변
시신 타는 연기 자욱하다
낡아서 버린 헌옷처럼 시신을
긴 막대기, 불쏘시개로
통고기 굽듯 뒤적거린다
숨이 멎어 버린 순간부터 일단
개 그을리듯 태운다
장작개비 살 가산이 넉넉지 않은 일가들
미처 재가 되지 않은 살과 뼈를 강물에 흘린다
가진 만큼 타다 간다, 죽어서도
화장할 나무를 저울에 달고
뼛조각과 견주어 값을 매긴다
채 핏기 가시지 않은 건더기로 던져지는,
저울에 올리는 영혼의 무게를 가늠하며
가야 하는 목숨인 거다, 그러하니
꼬챙이 하나 살 처지도 못되는 내 몸을

불사르려면

장작 몇 개비나 있어야 할까

---

* 네팔 카트만두 인근.

에스컬레이터

등은 항상 굽어 있다
비스듬한 척추를 지니고
가장자리가 그의 차지다
중심을 내주고 살아가는 생,
어깨에 피곤을 짊어진 사람들과
삶의 무게를 지탱하며 함께 가는,
걷거나 서서 오르내리는 사람들 모두 지쳐 있다
수없이 허리를 주무르며
허겁지겁 기름칠하며 사는 뼈마디
등허리 욱신거려 때로는 잠 못 이룰지언정
날마다 건너다니는 시간과 공간 속
도회지에 와서 등짐 진 사연 다 말할 수 없다
느려 터진 걸음이 천성인 걸 어쩌지 못해
과중한 무게에 삐걱거려도 비명 한번 지르지 못하는
삶의 하중을 견디는 중이다
기름밥 몇 년 먹은 생이 비로소
내세로 향하는 통로를 연결하는 중인데

뛰지 마시오! 생이 뒤집힐 수 있으니
낯선 땅에 거처를 틀고 사는 몸
타고 오를 때마다 그의 생애 쪽으로
나의 하중도 휘청거린다

헛방정*

나의 피는 산천을 닮았다

함부로 몸 부리지 않고 돌아온 골짜기는

자궁처럼 비리다

대양의 거센 물살을 받아 내며

혼신을 다하는 내력의 핏줄기가 어느덧

양수의 비린내를 기억해 낸다

태생을 향해 오르는 일이란

기쁨도 슬픔도 잠시 잊는 일

온몸을 바닥에 뜯기며 헤엄치는 곳곳은

이제

탯줄이 끊기고 시멘트벽에 막혀

마음마저 접힌다

물길이 멈춘 웅덩이를 타고 넘지 못한

여자들은 알 낳을 자리를 찾아

이리저리 궁굴다 자궁만 해져 간다

알을 찾지 못한 나는 몸을 뒤척이며

서둘러 아무데나 사정을 해댄다

알 수 없는 통증이 전신을 파고든다
헛방정만 해대는 시대라니!
내가 흘려버린 정충들, 새끼들
콘크리트 벽을 야속해 하며
우글대는 지금은 폐허 속 삶이다

---

* 연어들의 수난 시대.

뼈의 속도

시간을 수없이 접었다 펴가며
반듯한 철로에서도 뒤뚱댄다
험준한 산길을 만날 때마다
쉼 없이 허리를 꺾어대야 하는 몸
세상을 건너 시절을 건너 혈을 짚어가면서
뼈를 한 치씩 늘였다 줄여 가면서
종점에서 시작, 늘 종점에서 끝난다
주렁주렁 식솔들에게 등을 내주고
길고 고단하게 달려야만 하는 몸은 태생부터
속도라는 패에 온 생을 걸었다
칸칸이 바람으로 가득한 속도는 뼈의 아비들
삐걱대는 관절을 마디마디 이어 붙인 남루한 골격
꼿꼿한 자세로 무거운 등짐을 날라야 하는 천성으로
달리다 멈출 때마다 허리의 통증은 더해진다
흐트러지지 않는 모습인 줄 알았던 세상 모든 아비들이
가끔 자리 펴고 누워 앓는 소리를 내는 연유도
속도가 지켜 내는 올곧음 때문,

속도와 한 몸인 아비들

역마다 부려 놓은 허기를 되삼켜 가며

해지고 캄캄한 어둠 속에서도 전복되지 않으려고

뒤척이는 속도를 줄이지 못하는 내력,

속도는 세상의 아비들

저무는 새

어스름 저녁 하늘
캄캄한 몸빛으로 날개 젓는 새
솟구쳤다 떨어지는 곡선이 서늘하다
고단한 발차기를 거듭하며
날개를 노 삼아 가는 쪽배 같다
어딘가는 아뜩한 허방일진데
상승, 하강을 되풀이하는 작은 몸
속도가 점점 힘에 부친다
시린 발을 수없이 저어야만
배고픈 시간의 끝자락에라도 닿을 수 있을지
발아래 풍찬노숙의 숲
둥지 속 새끼 새들의 저녁 눈은
낮보다 더욱 반짝일 것이다
울음소리 점점 공중을 메울 것이다
휘젓는 발가락이 성급히 식솔들을 향해 날아가고
산 능선과 마주칠 때마다 부리가 잠시 반짝이는,
그때마다 나는 숨을 헐떡인다

견고한 건물에 안착 못하는 나의 야윈 발목은
빙벽에 매달려 사는 나날의 연속
가파르게 즐비한 빌딩, 군락을 이룬 곳마다
인간의 역사는 늘 그렇게
그림자 바꾸듯 기록만을 위해 솟는 것인가
지상으로부터 솟구치는 흙먼지 회호리 속
나는 목하 난간을 걷는 중이다
발아래 세상을 내려다보면
나무들 일제히 내 사지를 향해 화살을 쏘아댄다
공중에 거처를 틀고 헛발을 자주 딛는 아뜩함이란
생을 이렇게 가슴 철렁이게 하는가
하루치 식량을 벌기위해 빌딩숲을 날아다니는 새
겨우 한 조각의 햇살을 물고 귀가하는
세상의 모든 아비들이 저물어가는 강남땅
저 시리도록 푸른 어스름 하늘
솟구쳤다 떨어지는 수많은 날개가 함께 저문다

지구의 저녁 한때 3

선거가 끝나자 일제히 가라앉았다
열기가 가라앉고
가슴이 가라앉고
현수막과 함께 공약이 가라앉았다

내세웠던 수치가 오락가락
서쪽 하늘 붉은색과 흰색 사이에 묻혔다

복지가 어떻고, 대기업이 어떻고
경제 개혁을 들먹이던 세 치 혀와 논리가
공중 부양을 끝내고 추락하는 시절이다

붉은색으로 치장했던 가슴들이
회색으로 퇴색되어
신정부의 똥구멍으로 들어갔다

순간 타올랐다가 곤두박질친 열기를

아무도 기억하지 않는다
누구도 기억하려 들지 않는다

선거는 선거일뿐, 따라가지 않겠다는
우리들 눈동자는 어느새 힘껏
저녁 끝에 닿아있다

노량진역

철로 건너에서 끼쳐오는 물 냄새
한강을 헤엄쳐 온 물고기들 땀 냄새
강은 환승역이다
작은 물고기들 공중부양 할 부레를 키워 가는,
북적대는 흙냄새도 자욱하다
인생역전 물결을 거슬러 오르는
고시원 사람들 등허리에 피는 지느러미
취업의 공식을 풀다가 지친 눈빛으로
가득히 모여드는 포장마차 즐비한 골목길
세상 끝에서 끝을 찾아가는
발걸음들 끊임없이 분주하다
눈물도 사치인 공간
낡은 빌딩 벽에 가득히 새겨 놓은 다짐들
살아간다는 것은 이처럼
냄새 많은 공간을 채워가는 작은 몸짓일지니
얼룩진 골목 일수록
머물다간 사람이 많다

한강을 바라보며

수없이 까치발을 해대는 꿈들이 모여

현재에도

미래에도

오래된 냄새에 젖는

컵밥 전쟁

신종메뉴 컵밥이 고시촌을 누비자
생계 막막해진 상인들 민원 넣었다
한 그릇도 안 되는 상권에 얼굴 붉혔다
속내를 드러내고 길 복판이 뜨겁다
몰락해가는 심정으로 길 막고 촛불 들고,
떼돈을 버는 것도 아닐 것인데
너는 나를 나는 너를 헐뜯고 나섰다
한뎃잠이나 찬밥을 먹어 본 사람만 아는
마지막 날처럼 할퀴어야 하는
이 소시민적 혈안, 누구의 얼굴인가
가진 사람들 곁눈질도 안 하는 한주먹의 밥
그들이 놓아 키우는 개들의 밥보다 못한
상권을 놓고
사람이 사람을 앞세우고 삿대질이다
눌러 담을수록 싸움은 쓸쓸하게 커져
분탕질만 해대는 정치판을 닮아 간다
인생을 통째로 박리다매해서라도

먹고 살자던 때가 내게도 있었지
고관대작들 안중에도 없는 이 싸움도
신종 메뉴인가?

타이어를 갈며

지나온 길들은 잊기로 한다
한때 내 몸의 일부였던 너와 달려온
수천 킬로의 길 위에서 함께 부르던 노래도
어느덧 흘러간 곡조가 되었다
바람 불면 부는 대로
비 오면 오는 대로
앞을 향했던 여정을 이제는 추억의 문신이라 해 두자
전력 질주로 살거나 비탈을 오르내리며 살거나
종착점은 늘 같았다
갈 수 있는 곳과 갈 수 없는 곳이 언제나 단단했다
어느 한 곳 땅에 뿌리내릴 수 없는 태생,
내 몸의 뼈가 되어 지탱해주던 기압도
서서히 줄어든다
이별을 슬퍼 마라
떠나는 자가 도착하는 곳도
남는 자가 향하는 곳도
결국에는 처음 떠나왔던 곳이리라

새 신을 신고 달리는 마라톤 선수처럼

살아가는 게 아직은 미숙하지만

새로운 몸으로 굴러가는 뼈는 믿음직스럽다

함께했던 추억을 문신 삼아

돌고 도는 바퀴

구부러진 사람

누구나 꼿꼿한 시절은 있다
사람도 그렇고 나무도 그렇고
봄에는 피고
여름에는 허리를 곧추세웠을 것이다

세상 비바람, 눈보라 맞으면서
어느 땐가는 흰 길을 걸어 왔을 것이고
언덕길, 비탈길을 흘러 왔을 것이다

반듯한 모습보다
곤궁하게 살아 온 청춘을 더 많이 품은
구부러진 노파
의지할 지팡이도 없이 길을 가고 있다

굽은 허리와
오그라든 배안에 품어 안았던 자식들
지금은 온데간데없다

잘 익은 바나나 같은 모습으로
연신 허리를 주무르며 가는 노파

꽃피는 계절이 지나면
누구나 구부러지는 시절은 있다

지팡이 대신
파지를 가득 실은 손수레 밀고 가는
저 구부러진 노파

머지않아 다가올,

유택동산*

소싯적 천진난만 뛰놀던 곳 아니다
온갖 새들, 꽃들 사는 곳 아니다
죽어서 들 수 있는 지상낙원은 더더욱,
이즈음
사람이 죽으면 대략 땅속은 고사하고
잘 봉안 된 유골로 층층 입주하거나
애꿎은 나무에 이름표를 달고
흙으로 섞이는 게 고작이다
그곳이 낙원이요 영생일 것이다
그러니 기대하지 마시라
무리수도 두지 말고 사시라
한 줌 재로 항아리에 담기면
사는 게 모두 같은 처지다
더욱이 평생에 쌓은 공덕이 무너져
건사해 줄 친인척 하나 없으면
최후에 남은 당신의 뼛가루가
이웃의 뼛가루와 뒤섞여

차곡차곡 쌓이는 곳이다

거기가 이승에서 지은 공덕만큼 차지하는

낙원인 것이다

---

* 전통적 가족관계가 무너지면서 후손들이 조상의 분골을 봉안하
여 기리지 않고 한곳에 내다 버리면 다른 이들이 연속해 버려 동산
처럼 쌓임.

슬리퍼

한 뼘 밖에 안 되는 몸통으로
나를 받아낸다

얇은 몸으로 지탱하다보면
때로는 구겨지거나 눌리는 생이다

갈비뼈 드러난 육신
눌리고 밀리며 가야하는 태생

권력과 자본에 짓눌려 본 사람은 안다
가느다란 뼈로 건너야하는 세상은 버겁다는 것을

언젠가는 활짝 펴지는 날도 있을 거라는
기다림만으로 버티기는 역부족인 세상을

타고난 몸보다 수백 배 중력을 담은
내 몸을 치르느라 전전긍긍이다

한 치도 안 되는 쿠션으로

큰 우주를 견뎌낸다

몽골

작자미상의 수평이 먼저 온다

지구의 정수리인가 밑변인가
펼쳐진 곳마다 길이 난다
쏟아진 폭우를 초원이 흔적 없이 받으면
수평을 가르는 말발굽 소리도
하늘을 열어젖히는 독수리의 눈매도
파랗게 야성을 토해 낸다

질주하는 바람의 후손들이다

굵은 근육이 지축을 흔들자
부드러운 땅 밑으로 강건한 핏줄이 흐르고
몸속에서는 온통 북소리 들끓는다
등줄기에는 무수한 전율이 타고 오르내린다

내 얼굴과 어깨를 닮은 뼈들이 줄지어 따라 오는 바위산

쿵쿵거리며 품 넓은 하늘을 가로질러 가는 발자국들
땅의 기원을 말하려는지
말 등에 서서도 꼿꼿한 시선이다

어디까지 와 있는가
어디까지가 내 갈 길의 끝인가
기골이 장대한 구름이 모였다가 흩어질 때마다
전생과 후생의 몸속에서
수수만년 유목하며 살아온 반점의 유전자가
채찍을 휘두르며 달려 나간다

작자미상의 지평선이 덮쳐온다

울란바토르의 소매치기

뻗어오는 손길이 서늘하다
돈 냄새를 향해
예리한 눈빛을 감추고 태연하다
닮은꼴의 멋쩍은 미소만 교차했으나
다가오는 동안 너보다 내 숨이 더 먹먹했다

눈과 눈이 지구를 반 바퀴쯤 돌아 마주치는 순간
너는 그냥 눈매와 살갗이 닮았다고 주장할 것이나
속마음을 들킨 지갑이 외려 짧은 역사를 펼쳤다

그래,
네가 정작 훔치고 싶은 건 지폐가 아니라
내 몸속에 흐르는 따뜻한 피였는지 몰라
긴 시간을 에돌아 맞닥뜨린 한 물길인지 몰라

순간, 내가 지닌 지폐보다
몸에 묻은 돈 냄새가 더 부끄러웠다

아주 오래 전부터 너는 나였고
나는 너였는지 몰라

제4부

살붙이

시든 꽃을 따려다가 그만 둔다
꽃이 나무를 그러쥐고 있는 힘에 화들짝 놀란다
봄날엔 화려했을 저것이 지금은 핏기 가시고 몸 비틀렸다
잎사귀들 틈에 볼품없어 가지에서 떼 내려던
내손에 전해오는 악력과 전율!
저것도 한때는 피가 돌고 살에 물기 가득하고
한 나무의 식솔로 살았을 것이거늘

사람도 저와 같아서
한창때는 팽팽한 모습이었다가
꽃 같은 모습으로 한 집안에 의지하며 살다가
시절이 흘러가면 저 꽃처럼 시들 것이거늘

아침에 핀 꽃이 저녁에 들었으나
제 살붙이들을 아직도 꽉 쥐고 있는

시든 꽃을 솎아내려다 그만 둔다

회덕분기점

강낭콩 줄기 따라 남으로 간다
꽃을 보고자 뻗어가는 길마다 살이 오르고
햇살같이 밝은 핏줄이 펼쳐진다
내밀한 역사를 포장한 도로에 솜털이 돋아
이슬과 비바람을 떨쳐내며 굵게 자란다
가던 길이 막 끝나자마자
길이 다시 시작되어 푸른 가지로 뻗는,
좌로 가면 우듬지
우로 가면 잎사귀 너머이므로
한 몸이 두 갈래로 영영 이별이겠으나
되돌아 갈 수도
머뭇델 수도 없는 즈음에 나는 더욱 명료해진다
살다 보면
좌인지 우인지 방향지시등을 깜빡 잊을 때도 있지 않은가
속도에 갇혀 미처 손짓도 없이 사라지는 얼굴들
옆모습이 마냥 쓸쓸하다
나의 생이 갈 길을 몰랐을 때에도 길은 거기 있었으나

내가 가는 길이 옛길인지 신작로인지 분간 못할 때

느닷없이 갈라졌던 두 몸의 덩굴 끝에서

한 몸의 푸른 바다가 넘실댄다

길 끝에서 길이 자란다

가오리

철망에 몸 걸치고 햇빛을 받아 낸다
편대를 지어 날던 기억으로 공중을 흔든다
아직도 신석기 시대의 체형을 고집하며
커다란 새처럼 옆구리를 펼치고
건조대를 활주로 삼아 비행연습 중이다
대가리와 척추, 꼬리의 뼈대를 드러낸 채
방석 같은 몸통을 이리저리 바꿔가며
바람의 항로를 타진한다
하늘을 나는 태세로 내력을 다지며 살았다
가느다란 줄에 묶여
아등바등할수록 세상은 더욱 치열해지고
진화를 거듭하면 사람이 될 수 있을지
꾸덕꾸덕 말라가는 핏줄 사이로
햇빛과 바람만 세차게 파고들 뿐,
바닷바람에 흔들리는 좌우 날개가 균형을 잃을 때마다
비상의 꿈은 자꾸 무너진다
바다 속에서 가꿔온 내력을 가다듬을수록

넘실대며 날아다니던 푸른 추억만 완고해지고

산맥 같은 뼈 속에 날개를 깊숙이 묻고

날이 갈수록 바다를 닮아가는 몸빛,

말라가던 내장마저 어느 덧 푸른빛이 감돈다

방향이 다른 눈은 여전히 두 개의 세상을 탐색하고

인간이 한쪽만 바라볼 때

그는 양방향을 재구성하며 끊임없이 진화의 시동을 건다

혼곤히 햇살 맞은 몸에서 날개가 돋는지

조용히 겨드랑이가 간지러운

가오리

전철의 손

달리는 손이 있다
머리와 꼬리도 있으나
전철은 손을 더 가졌다

등허리에 솟아 있다
물건을 집는 것이 아니라
탯줄처럼 전깃줄을 잡았다 놨다 하며
몸통에 밥을 건네준다

그 밥으로 당신이 탄 철통이 달린다
비로소 전철이 된다

매일 밥벌러가는 당신을 태우고
달리는 것은 그러니까
박스 같은 통이 아니라
두 손 들고 벌서는 자세,
전철의 손이다

당신이 탯줄을 부여잡고
이 세상에 올 때에도
어머니가 건네주시는 동력을 받아
박차고 나왔을 것

전철은 손을 하늘로 벌려
천상의 기운을
매일 이 땅으로 끌어 오는 것이다

손은 밥이고 신이다

탁목*

선 잠 깬 스님 한 분 나타나셨다
탁!탁!탁! 타그르르
산천은 아직 실눈도 안 떴는데
숲 속에 목탁소리, 요란하시다
동안거에나 들었어야 할 노구를 이끌고
겨울 끝자락에 지극히 나오셔서
탁!탁!탁! 타그르르
겨우내 묵혀두었던 상념을 두들기신다
이참에
눈은 말고 마음으로 새기라는 듯
계곡인지 우듬지인지 분간키 어려우나
스님은 홀로 산천을 깨우신다
번잡한 세상사에 노심초사,
백팔번뇌 두들겨 사바로 내려 보내시고
하산하는 중생들 뒤통수에
부디 마음만은 깨어 있으라, 깨어 있으라
이 나무 저 나무 경구를 새기신다

온 산에 화엄경을 펼쳐 놓으신다

탁!탁!탁!탁! 타그르르

---

* 딱따구리.

봄꽃

만나자마자 몸부터 섞자는 꽃이 있었다
계절도 풀리지 않아 좀 이른 것 아니냐는
성급한 것 아니냐는
나의 항거에도 무차별 향기로 파고드는

바야흐로
여몄던 옷 단추 풀리고 물 차오르는 때
여기저기 새들을 호명하며 피는 꽃들이
대지를 녹이고 사지를 한껏 벌려
한번 앉아 보라고
누워서 가슴에 귀를 대보라고 재촉하는
봄꽃 이었다

나는 좀 망설였으나 이내 익숙해졌다

서로에게 전염돼가는 계절은 속사포 같아서
몸에 깃들 겨를 없이 꽃 지고 잎 돋고 하였다

세상 모든 사람의 애인인 꽃

지상의 젖꼭지를 살짝 깨물며 터지는

꽃은 늘 첫 마음으로 핀다

몸피 말랑말랑한 봄꽃

잎사리

똥을 누고 보니
황금빛 속에 웬 날것
뱃구레도 싹을 틔우나?
간밤에 먹은 푸성귀였다

들판에서 단꿈에 젖어 있던 녀석을
덥석 내 뱃속으로 밀어 넣었으니
저도 놀란 것인지
몸을 움추렸다가 그냥 나왔다

한 때는 들판을 내달리던 시절이 있었겠지
순간, 어느 수고로운 손에 끌려 와
시장 좌판을 전전,
허리 단단히 비끄러매고 결연을 다지다가
그 푸른 정신줄 놓지 않고
참기름 범벅 속에서도 청청하다가
긴 어둠을 통과하는 동안에도 꼿꼿이 앉아

면벽 수행, 마침내
내장 밖으로 튕겨져 나왔으니
득도가 따로 없겠다

황금빛 아랑곳없이 저렇게
푸른 뼈로 살아 나왔다

그렇구나
풀들이 날지 않고 날개만 퍼덕이는 것도
땅속에 몸 박고, 가부좌 틀고
수행하는 까닭이었구나, 저 푸른 사리 한 잎

숯

뼛속까지 화기를 받아냈다
검다고 비웃을 것이냐

막막하고 긴 시간 속에서
뜨거움을 통째로 들이 마시고
까마득히 숨을 멈춰야 온전한 생이리라

온몸을 불구덩이에 던지고 누워
치명적으로 견뎌야 다시 숲을 이루는 나무
절정에서 머뭇대다가는 허망한 재가 되고 만다
검다고 거부할 것이냐

달궈진 채 조용히
석탄처럼 깊어진 몸
검을수록 생은 맑은 소리를 품으리라

이 세상에 알몸으로 와

삶의 화탕지옥을 지나고 나면
나의 뼈들도 종내는 저런 색이 되기나 할는지

검다고 버릴 것이냐

수박

순간적이군

터질 듯 부풀렸다가 붉게 여는 몸

단물을 흠뻑 끼얹고

향내를 온몸에 두르고

알몸을 농밀하게 펼쳐 놓는군

잘 익은 에로스로군

칼끝만 스쳐도 지레 겁먹고

몸을 확 까뒤집는 육중한 살덩어리

화산 폭발을 흉내 내며

칼 맛을 보자마자 몸을 반으로 가르는군

농염하게 끓던 속살을 여실히 보여 주는군

한바탕 질펀하게 뒹구는 몸통

산비탈에서 밤낮없이 자전하며

우주의 색과 향을 들인 거대한 개념덩어리

이 은밀하고 에로틱한 속마음은

겉핥기식으로 살아온 내 인생은 감히

흉내 내지 못할 삶이로군

햇빛과 비바람을 한데 섞어 머금었다가
낭만적으로 쏟아 놓는
붉은 심장 두 쪽
참 광대하군

경전

낚시를 하며 수면을 읽는다
물속을 종일 해독하는 중이다

페이지를 수 없이 넘겨도
바닥에 깔린 진리는 좀처럼 깨달을 수 없어
번번이 물고기만 오리무중이다

물빛이 눈부신 건 그 아래에
무수히 많은 표리가 있기 때문일 것인데
무엇 하나 세상에 능통할 혜안도 없고
숨겨져 있는 문장 하나 제대로 찾아내지 못한다

얼마나 읽어내야 할 삶인지
이 나이 먹도록 한 줄도 깨달은 게 없다

물속에서 허우적대며 잡고기마저 놓치고 마는
낭패감만 안고 여기까지 흘러왔다

응시하는 세상의 물빛 눈부셔! 눈이 부셔!

그 마저도 제대로 섭렵하지 못하고

온 생을

겉표지만 해독하고 있을 뿐인

나는

선운사 목백일홍

이마에 흐르는 땀을 훔치며 절은
막 번지기 시작한 초록을 펼쳐 보였다

바라보면 아쉬움만 가득한 숲에서
흰 관절을 드러내며 악수를 청하는 그를
배롱나무라고도 했는데

동백꽃지고 처서까지 가는 계절을 이으며
절간 자락을 붉게 붉게 흔들며
온 몸을 달군 채 반겼다

먼 길 찾아 나선 내 발목 가시를 빼주며
잊지 않고 지켜온 맨살로,
눈물 섞인 얼굴로 바라보던 당신

통곡이라도 하고 싶은 절 마당에서
당신의 결심은 단호하고

돌아가야 하는 길은 멀고
이내 아득해 지는 숲을 보며 우리는
빈 배처럼 줄에 묶여 흔들렸다

쉽게 떠날 수 있을까
당신은 또 쉽게 잊을 수 있을까
대웅전에서 관음 앞에서
게걸음을 끌고 온 내 일상이 비로소
합장한 탑을 닮는다

자진하는 몸빛
제 몸을 덥혀서 산야에 번지는 초록을 식히는,
자미화라고도 했다, 당신

실상사*

보살을 데리고 쌓인 우여곡절 풀자고
구절양장 산야를 따라 찾아들었다

생각건대,
함께 많이도 걸어왔으나
아직도 제자리라고 완곡해하는 마음보며
나는 회향목 그늘에 슬픈 얼굴빛을 감췄다

살아오는 동안
서로 이마 닦아주며 탑전 몇 개 쌓은 것도 같은데
어느 풀리지 않는 매듭이 짓누르는지
두드려 보면 속이 텅 빈 목어 마냥
우리 인연 정작 울릴 소리 변변치 않았다

내 죄만 부끄럽게 텅텅거렸을 뿐

가야할 길은 멀다고

젊은 보살은 자꾸만 천왕봉을 꿈꾸며 날개 퍼덕이고

올곧은 삶이 때로는 독이 된다는 경전일까
산사는 산에 들지 않고
나처럼 강변만 맴돌아 가고 있었다

되돌아 갈 길도 참 아득하였다

_____

* 지리산 실상사.

나무의 기억

떨어져 길 위에 뒹구는 잎
내력의 조각들
뛰어내린 잎들을 물끄러미 내려다보며
나무는 생의 퍼즐 맞추기를 한다
머릿속을 이리저리 뒤져서 찾아내는
젊은 날의 기억들은
찰나의 순간까지 함께 살아 준 날들에 대한 예의이다
떠나는 잎사귀들을 첨병삼아 나무는
미구에 다가 올 또 다른 계절을 탐색하거나
지하 깊숙이 다리 뻗어 물길을 마중하거나
머리카락 풀어 헤쳐 하늘을 점친다
몸이 기억하는 사랑보다 완고한 사랑이 있을까
가을이면 온통 등불을 켜 달고
푸르렀던 시간을 찾아 나서는 나무
몸속에서 자라던 존재의 세포들
눈을 들어 올려다보는 내 몸에도 어느덧
뜨거웠던 기억이 솟아나 무늬진다

등불을 형형색색 떨어뜨려 길을 덥히고 나면
땅 밑으로는 더욱 따스한 계절이 흐를 것이다

귀뚜라미

뒤처리를 한 후 여자는
다시 잠을 청했다

맨몸 스치는 이불소리 귓속을 채우고
가슴은 또 텅텅 울렸다

음색이 투명한 여자는
저지대를 향해 귀를 대고 이내 잠들고

소리가 익을수록 침잠하는 계절이
빠르게 옷 갈아입고 다녀갔다

밤마다 문밖에서
고음으로 나를 불러 제꼈다

황태덕장

젖은 습기마저 바다에 돌려 준 너희들
폭설을 맞고도 떠는 기색이 없네

삼삼오오 스크럼을 짜고 빳빳한 온기 나누며
겨울의 언덕을 타고 노네

그래도 왜 외롭지 않겠는가
올해나 작년에 다녀간 식솔들의 흔적 위에서
혹한을 견디는 일

맨살로 얼다 녹으며 세상 건너가는 나의 계절은
힘줄 만큼이나 질긴 것이네

살갗을 찌르는 동토의 바람
드디어는 조금도 아프지 않네

시인의 말

에둘러 왔을 뿐

아직도 거기다

부단히 헛발질 하며

물살을 거슬러 왔으나

내 안의 시간들은 기다려 주지 않았다

나는 늘 접점을 찾아 평행선을 달린 셈이다

생을 통째로 기습하는 낯설음 앞에

기시감이 다가서자

다시 자리로 돌아오는 일을 반복했다

그것이 내 은밀한 자유이다

거기 내가 찾아야 할 것들이

살아 있다

실천문학시인선 025
뼈의 속도

2019년 1월 1일 1판 1쇄 인쇄
2019년 1월 1일 1판 1쇄 펴냄

지은이   박일만
펴낸이   윤한룡
편집   한지혜
디자인   윤려하
관리·영업   박수정

펴낸곳   (주)실천문학
등록   10-1221호(1995.10.26)
주소   서울특별시 중랑구 상봉로 110, 1102호
전화   322-2161~5
팩스   322-2166
홈페이지   www.silcheon.com